U0053404

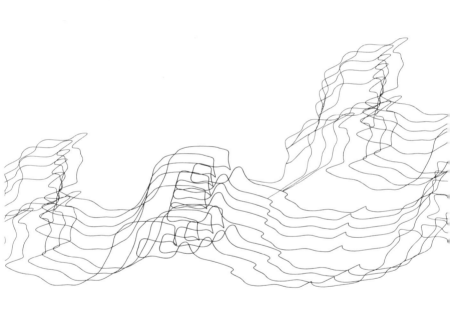

查無此人

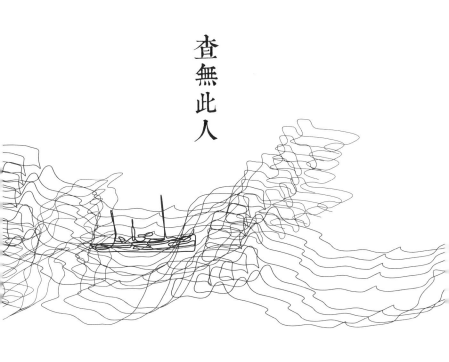

曾國平

謹以此書贈予父親

目錄

序一　隱藏與悖論◎秀實　／〇八

序二　詩是文字喊痛的聲音◎紀小樣　／十三

父親與查無此人（1至60）／二三

跋　尋找昨天的你和我自己◎曾國平　／一五五

序一
隱藏與悖論 ◎ 秀實

　　晚間枕畔傳來窗外大河的流水聲，我蜷伏床上，想到生平中那些後悔的事。當然我沒有詩人張棗在〈鏡中〉的淒麗華美：「只要想起一生中後悔的事／梅花便落了下來」。我活躍的思維一直在推敲那些後悔的事背後的隱藏部分。窗外的大河，是黃揚河。這個城鎮，叫斗門。我企圖完成一件事，不留下悔疚。

　　曾國平是新加坡詩人。新加坡小而中國大，日近而長安遠。但詩歌在嚴峻的空間與時間中，並不曾退卻。它壁立著，在迫退空間的局限與時間的流逝。所有寫詩的人，無非都在困迫中詮釋存在，在消失中挑戰遺忘。國平詩〈查無此人〉（以下簡稱〈查〉）是一首長詩，其創作的意圖也正如此。

　　〈查〉約七百行，分為六十節，以雙軌跡進行。我想起台灣名小說家王文興的《家變》。寫父子不和，父親離家出走。小說同樣是雙線發展。兩個時間軸這種垂直書寫，讓小說的發展具有強烈的時間感。內容既寫滄桑浮沉的生命，也寫恩仇共生的親情。王文興以阿拉伯數字標示過去，描述主角范曄成長與家庭

變遷，以英文字母標示現在，記述了尋父的經過。這是一個經典級小說的結構。但詩歌畢竟不同，它的特徵不在完整的敘事，而是在述說之外的隱藏部分。

所謂隱藏，並非是詩人刻意不說。盡，是寫作人不可抵達的文字的局限。小說還好，總有「劇情」存焉。詩則大可不必，詩人追求的並不是「盡」，而是「到」。也則藝術表達的恰如其分。可以說，詩歌是追求隱藏部分較之呈現部份更多的藝術。

詩題〈查〉這個題目充滿「悖論」（paradox）。美國新批評家克利安思・布魯克斯（Cleanth Brooks）說：「科學家的真理要求其語言清除悖論的一切痕跡，詩人要表達的只能用悖論的語言。」

國平深明為詩之道，則以「父親」和「查無此人」為主題。「父親」是個有溫度的詞，標示了血緣與脈絡，帶有強烈感情的色彩。而「查無此人」則是冷酷的片語，指向斷絕與失望。向一個至親的人喊「查無此人」，自是心懷悲愴。而「此人」於此，僅僅成了一個無宗族姓氏的符號。「查」字表示此人確實存在只因線索斷落或與自己關係疏離，以致在生命中，恍若不曾存在過。而這種父子疏離的現

實，與動亂的時代息息相關。詩的開首，詩人是如此講述：「打開地圖／你曾在那裡種下／一棵樹／用血和眼淚／／如今已經成林／我還在圖裡尋找／最初的種子／每一棵樹的回答都是／查無此人」（節1）

父子疏離，然而父慈子孝並不因此而變改，狀況是「沒有生存過的愛」（節2）。父親於腦海中的形象，只餘一個名詞：「我沒有父親的記憶／我只有父親」（節3）。這個名詞，存在於舊相片與發黃的族譜上。詩人溯源，遠及曾祖母的歲月。人的一生，歷史一瞬。詩第二次提到查無此人，已近尾聲。「某一個夜裡／他立在洞口／看完最燦爛的星空／他看到一群衣著怪異的人／挖出他的皮囊／說自己是他的子孫／他不知那是不是自己／生命的意義／他笑得很儀式／其實查無此人」（節53）。

悠長的歲月澆熄了溫熱的血源，並陌生了親密的倫常。在客觀的生命座標中，每個存在的個體其實並不相屬，猶如渡河的非洲角馬，冰塊上的皇帝企鵝，獨自求生，獨自接受命運的安排。國平此詩，企圖在殘忍無情的時間流逝中，以軟弱的文字挑戰遺忘，尋找冷酷世界盡頭中的一絲溫暖。

〈查〉可以說是一首尋父記的作品。詩歌

背後蘊藏的核心價值為傳統的「孝道」，這是詩人不能丟棄的生命本質之一。詩不作直接抒情的寫作，而是通過一種敘述性、諷諭手法或戲劇化處理來書寫。這是作品獨特的形式，也是藝術性所在。長詩的寫作有異於一般的書寫，而為獨一無二的藝術品類。美國詩人愛倫坡（Edgar Allan Poe）從根本處否定長詩的存在，或認為只是無數短詩的組合。固然有他的道理。但單從文本上看，此詩無疑是認真而勤奮的國平創作詩歌中最優秀的作品。讀到這般詩句，不禁令人為之動容。「荒涼」一詞，著墨如斯，再而「幽默」一詞，精準有度。然後「他守在古道邊／髮如原上草」，那種悠悠萬古的時間滄茫，便全然湧現。藝術感染力中的笑中有淚，便則如此：「多年後的今天／我在荒野遇見他／穿過薄霧如雨／托著的大地／他依舊荒涼如昔／幽默亦如昔／／他守在古道邊／髮如原上草／／作為他的兒子／我這時才覺得驕傲」（節4）。

　　全詩洋洋灑灑，如林之茂密蓊鬱，繁花與古樹並生。而當中有挺秀之木，蒼翠精彩，如：「有時一天是／一本經書／有時一輩子／只有幾個歪歪斜斜的字」（節8）；「我在你留給我／那塊壞掉的手錶／看見指針偷偷走動」

（節9）；「司馬遷的史記／記著歷史如夢的初心／蔡倫造的紙／印上我的詩句」（節17）；「只有偷看你背影的味道／有雨的苦澀」（節25）；「武康路113號遇見／八十年前／你多愁善感的窗／梧桐葉從法國／落在你寂寞的嘆息上」（節35）；「我又一次上山／你已不在樹下／整片森林如此寂寞／竟有你悲傷的味道／／此刻，你放棄了／木質的身軀了嗎」（節41）。不勝枚舉。讀之掩卷，不知人間何世！

完稿於 2021 年 11 月 15 日，晚 6:15，將軍澳廣場 Arome Cafe

序者簡介

秀實，世界華文作家交流協會詩學顧問。曾獲「香港大學中文系新詩教學獎」。著有詩歌評論集《散文詩的蛹與蝶》（香港版）《我捉住飛翔的尾巴》（大陸版）《止微室談詩》1–4 冊（臺灣版）等十種。並於臺灣《有荷雜誌》開設詩歌評論專欄「微物之神」，《台客詩刊》開設詩歌評論專欄「城門開」。於「詩生活網站」poemlife.com 開設有詩歌專欄「空洞盒子」。

序二
詩是文字喊痛的聲音 ◎ 紀小樣

西元二○二二年二月杪，俄羅斯總統普丁派兵攻打烏克蘭！

不是說好了同文、同種，甚至也有共同的祖先嗎？這樣親密的關係淵源，仍不免兄弟鬩牆、兵戎相見！以此來看新華詩人曾國平《查無此人》（以下簡稱《查》）似乎很有「Déjà vu」（既視感）。

戰爭是人造的最大苦難。「燒光殺光搶光／就會查無此人」——逃難、飢餓、死亡……；不是彷如昨日，而是就在眼前。中國近代史的七七事變、日本侵華、八年抗戰、國共內戰……，國平詩中歷歷在目「東來的強盜、從盧溝橋到香港、上海到武漢」，難道我們「記得的名字都要刻在墓碑上」？

多麼矛盾嘲諷！講「仁」幾千年的中華（儒家）文化，又要靜看「天地不仁」，又要歷經幾千年的國家戰亂、民族血淚與生民流離？這是《查》最永恆龐闊的背景嗎？如果人如螻蟻之生，那麼戰亂應該就是宇宙的暗物質、暗能量了。《查》成詩的諸多意象片段，無非告訴我們：詩是文字喊痛的聲音！

子輩現今的血液裡還在自豪著漢唐榮光；父輩過去的現實中卻是歷經著戰火離亂。在朝不保夕的日子裡，只能卑微地設想「用什麼方式／把自己活得比一塊頑石還久」。

　　因為不同的生命際遇與生存條件，必然讓忙於生存的父親無暇深知這個喜歡詩詞儒風……文明兒子的心緒；而又是那樣「剪不斷、理還亂」的生命血脈與生活情感——鏈結、拉拔、牽扯……「想要遠離，卻更靠近」？

　　類似朱自清〈背影〉的父子情結，國平再次演繹——始於不解纏結而終於諒解繫念，故有詩，深情留下；六十首組詩是時空與人生的切片，架構出一龐大敘事詩的規模，以「亂針刺繡法」將多元、綿長、壙闊的時空交織，筆繪出近代華人在新加坡的移民辛酸血淚圖譜。此圖譜的背後所倚，可謂「縱深寬廣」：時間軸有漢、唐、宋、明、清、民國……朝代貫系，甚至遠溯考古到三十萬年前的「北京人」；空間軸有黃河、長江、黃浦江……上海、北京、南京、西安、武漢、重慶、香港……以及台灣諸多城市；母土的經脈在秋海棠葉與詩人的血液、腳印裡氾濫竄流，詩筆便如此縱橫經緯——面串起了中華大地、海外華

人活過、愛恨悲歡過的千古風流與卑微人物。

細說從頭，是歷史的惡意還是「幽默」揶揄？家鄉雖在福建「永定」，子孫卻因戰亂到域外飄蓬——苦難就要從詩人父親生活的客家土樓漫延出來了：

「你的故事太長／剪了還是／亂成／滿紙的血……／你的故事太短／在歷史中／佔不到一個字／／要說／就從你的皺紋、頭髮說起／從你的飢餓說起／或者，從你的鞋／走過的山山水水說起……」

「鞋子掉了／背包丟了／故鄉留在火裡／愛人在水的另一邊……／為了一頓飯／走了八千里／八十年……」

飽嚐戰難流離的父執輩，畢竟是被飢餓深深烙印過的，無可厚非總在相聚的餐桌上諄諄教誨後世子孫，然後不知不覺就「把太多神話與苦難，壓縮在一碗飯裡了」；所以「搖晃的海，流浪的路」，詩人的父親必然更要保留住舌尖上的一點鄉愁，練就一身好廚藝，「一道道客家山水／被他搬到湯裡菜裡」、「一碗飯總是故意盛得很滿」……好像這樣就可以「吞下故鄉山河」。或許腸胃的消化線有多長，逃難拉出來腳印線就有多長；讀者當可看出《查》章句中隱藏著不少身體與心靈的悲辛與

「補嚙」，更可以看出「南洋新地」的血淚愛恨……移民生活史。

異域初始，必然抑鬱；戰亂流離——身體的飢餓堪忍無進，思家念親的淚眼難抑有出。照片或許是對抗「查無此人」的一種方式，是現實之不可得，情感記憶最具體的連結。國平詩中諸多提及父親的舊照片，逃難倉促攜出、緊揣在懷囊的二維影像，變成臆想的多維依據——多少暗夜獨自撫之，幾乎要把那時光泛黃的紙張掐出血來……，甚至兒孫未曾親眼得見的曾祖母出殯畫面，經過詩人之手也能魔幻寫實，滲透出冰冷：「鑼鼓聲從照片中偷跑出來／震耳欲聾……／滿座的衣冠／化作紛飛的雪花／我手觸照片／一片冰寒……」。

《查》從不安定的福建「永定」出發，在風沙波濤的新加坡再安身立命，以龐大的時空為背景，蒲公英的種子為角度，一一列數了身生其間的移植生活，旁及家族枝幹，甚至探入了民族／國族的流離苦難、歷史榮光、山川風物、文化盛事……，字裡行間，可以看出國平的血脈尋根，更可以看出其詩藝浸染與文化孺慕。譬如台灣詩壇洛夫、瘂弦、鄭愁予、余光中等諸多詩家的字句沾染與意象薰陶，以及大漢盛唐、詩詞（不可避免的李白與蘇東坡等）

文化名人的追慕——封狼居胥的霍去病「犯我強漢者／雖遠必誅」、「蔡倫造的紙／印上我的詩句」、鄭和下西洋「寶船泳入我的夢境……還有子曰詩云」、「讓四海知我中華」，諸多歷史風流人物在其「詩維」周旋，從神遊到親擁；有機會進而慢慢邂逅了正要起飛的「父親的國」，「初遇不會睡覺的／上海灘」、紫禁城、天壇與長城……，新鮮過眼，但都有一種似曾相識的心緒憾動，可算聊解了地理與歷史文化的鄉愁，詩中甚至也額外記錄了國平年輕時隨新加坡「星光部隊」到臺灣培訓的印記履痕。

作家王鼎鈞在《左心房漩渦》說過「故鄉是祖先流浪的最後一站」，日久他鄉變故鄉；故鄉是情感的鏈結牽扯，畢竟新加坡是國平身生之地，當有「魚尾獅身」的圖騰印記（當然也曾寫過詩給魚尾獅），但其內心大致應有較多中華文化的自豪認同。《查》從開篇第一首至最後一首都提到了「黃色臉孔」，此或因其血緣天賦與所思考、藝術詩寫的表現符碼「中國文字」使然。

「查無此人」，一般經驗與書信郵務有關，一置入時空龐大的背景，未嘗不是你我芸芸眾生的命運；能夠阻礙或改變歷史長河流動

的，只有那些微乎其微能夠「立德、立功、立言」的人物。而《查》卻是「獻給父親」的心事與史詩，國平或許想要盡人子之力，為父親留下一些平凡卻「不朽」的見證！

《查》多處以「樹」點染意象，可見出中國人「安土重遷、落葉歸根」的思維隱喻；此外，「魚」之意象在詩中亦屬常見。蓋「樹」屬木質，而「魚」屬水質；一在根性附著，一在隨水流離──這兩種不同屬性的意象拉拔，當可為海外華人移民的境況象徵。

而綜觀此一詩集，名詞變化動詞之諸多「轉品」，除能一新耳目，更見證詩人語詞運用之靈巧嫻熟；更有許多豪氣干雲的意象詩句；詩中「矛盾語法」也值注意，此處就不一一列舉，讀者可以尋此散落的珍珠，修磨轉之，串起自己的珠綴。筆者以為，修辭技巧，甚至「意象」經營，大致皆可學以致之，惟格局「氣象」，多依先天秉賦，修養或可小成，而國平偏有獨厚；所幸詩神亦有眷顧，國平休火山廿年，不凡復發，創作辛勤，持續噴薄赤道熱力，努力開創自己詩學的高原，並經年不墜，以其量、質、變、速……多維向度推廓中南半島獅城（詩子國）的新詩峯嶽。

對此龐大結構詩章，國平囑我篇幅兩千，

此處已過，而勢難暢筆。或留待他日！

「你以為自己出來了」嗎？其實不過是流落遠方——勉力將苦難凝結出差堪人意的花果；終究是「農」的傳人，放火或圍割果樹枝幹以求豐收的伎倆，是否就是「歷史對待我們人類」的一種啟悟？歷史或許早就鋪好分合軌道，只是在等不同的車次、車廂運過人群血肉、愛恨情仇，劇本無論怎麼寫，必有「鐵騎和狼煙」、「戰與火」，相對也就一定會有「被迫」或「自願」的流離與流浪，而我們必然還會有「新故鄉」與「舊鄉愁」。

但真的會「查無此人」嗎？拋不掉的血緣膚色、母語鄉音、情感愛恨與文化鄉愁，卻又要把人的愛恨血淚種入土地，去澆灌歷史的飢餓與饕餮——多少血淚凝鑄天地之不仁？從個人生命、家人親情、家族血緣、民族離散乃至國族的戰亂承傳……，一圈堆疊一圈，纏繞糾結著我們的大小年輪。讀者當可見微知著，《查》六十段切片，拼繪出生命的尋根圖——沿著時間的軸線與地域的經線，國平筆斧縱剖橫砍，削出了個人史、家族史、甚至（獅／中）國史……應被後人記住的——生命、亂離與成長之血淚斑痕；欣見暗夜裡有人錘鍊字句意象，寫出昨日的根脈、今日的分枝與明日的

花果，更樹乳琥珀凝成了一些時光之流裡不被歷史記載的螻蟻塵灰。

　　時空磅礡的背景，只為人物風流的舞台。歷史「滔下」，有人千古；但其「饕」下，更多人無名——此其為「查無此人」之所由來也。在偏走輕薄短小（截句、俳句、微型詩）的時代詩壇，國平的《查》是對父輩的認同、弔念，奈那已是回不去的故國；雖不免有憾，但多少還有彌補，在心的轉角，「父親的背影」已「化身一頭路過的雄獅」（埋骨認同新加坡的深沉隱喻），更被國平之詩化入無垠無邊的「星空與海洋」；被生活與責任淹沒的渺小人物（多少華人家庭的父輩，如國平之父）無怨無悔，也不無心酸地成就了更多的中華兒女、中華文明：「你留給我唯一的舊錶／停了，又走了／你留給我的故事／停了，又要出發／你沒有留給我的／我都會一一找到」……幸詩人國平留下《查》，可為華語史詩略添一筆春秋華彩。

謹幟於台灣沙轆，靜宜大學，2022年2月28日

序者簡介

紀小樣，本名紀明宗，一九六八年生，台灣彰化人，文學桌遊設計講師，作文指導老師。曾獲年度詩人獎、中國時報新詩獎、聯合報新詩獎、吳濁流文學獎新詩首獎、台灣省文學獎短篇小說評審獎、大墩文學獎散文第一名、礦溪文學獎散文首獎等；著有《十年小樣》、《實驗樂團》、《想像王國》、《天空之海》、《極品春藥》、《暝前之月》、《當寂寞在黑夜靠岸》等十二部詩集。

父親與查無此人

1

雖然無言勝過多語
我亦忍不住告訴你
父輩，自己和別人
昨天，今日與未來
重要而渺小的故事

有的破碎
有的已被拼湊
成一張有黃色面孔的
地圖

打開地圖
你曾在那裡種下
一棵樹
用血和眼淚

如今已經成林
我還在圖裡尋找
最初的種子
每一棵樹的回答都是
查無此人

2

故事在沒有
開始的時候開始

沒有主角的眾生相
從氣化而液化
液化而固化
像沒有生存過的愛
沒有愛過的生存

就算曾有生命
也是為死的準備
他在戰與火中
倒下站起再倒下

他的死不是死
他留下足跡
血拖出了來時的路
他笑著眼淚
看著天地不仁

原來歷史真假參半
用他的骨為筆
體液為墨
匆匆寫成
第一章
還有
最後一章

我沒有父親的記憶
我只有父親

他的聲音是火
身體是石頭
回憶是一棵
葉已落盡的樹

我沒有樹
我只有樹的容顏
他在我的體內生根
他在我耳邊鳴響

他走進照片
走進族譜
走不進我的心
我和他一樣經常迷路

他和我對立
他和我把手言歡
他變成山的時候我是海

到我成山時
我們是一組不動的波浪

什麼時候動了
我們就游在文字裡了

4

多年後的今天
我在荒野遇見他
穿過薄霧如雨
托著的大地
他依舊荒涼如昔
幽默亦如昔

他守在古道邊
髮如原上草

作為他的兒子
我這時才覺得驕傲

他真是一個古人
雖然他不知道

我確定
他沒有模仿

他是一道風景
在夕陽中慢慢羽化

5

唐朝，離我們不遠
他的聲音由我嘴裡發出
我的膚色
偷自長安

我看見黃河的水
流經我的床
每晚都喧鬧
那些入關的駝隊
駝鈴震天作響

我煮時間為茶
看滿街的車鳴
馬蹄踏在我的耳鼻
揚起的風沙
如雨聲，如樹葉說話
我覺得很甜
如年少時的蜜餞

進城的快馬
背著十萬八千里

傳遞的荔枝
歌樓上傳唱清平樂

沒有人衣冠不整
羅馬離此不遠
西天也在左近
唐僧帶回的佛經
印成暢銷書
每一條街
都有一間寺廟

我的房子走過四季
走過李白王維
走過吳道子
走過李龜年
走過
安祿山

總是在最美的時候黃昏
總是烽火燒開的雲彩
鐵騎和狼煙

我不忍看
如此美麗的殘敗
他們走過即逝
我的房間是
美麗的時光葬場

6

父親珍藏的照片中
有一張曾祖母去世
出殯的盛況
整百人擠在一起
為死作證

黑白的照片
讓死亡更加靠近
即使百年過去
即使遠在福建永定
亦如昨日

鑼鼓聲從照片中偷跑出來
震耳欲聾
為曾祖母的死難過
滿座的衣冠
化作紛飛的雪花
難怪我手觸照片
竟是一片冰寒

原來死
這麼蒼白
如黑白照片一樣
他們和死如此靠近的年代

你的故事太長
剪了還是
亂成
滿紙的血

你為此失去記憶
昨天和今日
對接不上

你的故事太短
在歷史中
佔不到一個字

要說
就從你的皺紋、頭髮說起
從你的飢餓說起
或者，從你的鞋
走過的山山水水說起

如果你不介意
紙上的血跡
泥濘
還有文字喊痛的聲音

這個時候來問因果
說佛
是否太晚
反正一切都已發生
比如，城破城滅

每一場殺戮是否真是
因果循環
他們擠進那座城
逃不出時間的牆

你以為自己出來了
父親
你還在那幀照片裡

有時一天是
一本經書
有時一輩子
只有幾個歪歪斜斜的字

生或者死亡

好吧，父親
對不堪的人世
你已無力
你投降的那一刻
緊握的拳頭放開

讓我告訴你真實的故事
我在你留給我
那塊壞掉的手錶
看見指針偷偷走動
它正在與時間
低聲的對話
像你曾經那樣

戰爭應該離我們不遠
衝鋒號像已經破聲
的高音歌手
是詛咒還是原諒
都已不重要

子彈進入身體的聲音
是冬天的涼風
從每一個彈孔
我看見
黑洞和時間的眼睛

他們用血肉之軀
搶一兩片
葬了很多愛與恨的土地
再把自己的愛恨
堆疊在那裡

他們在地圖上推來推去
人頭掛在行屍走肉上
殺吧

眼睛的血
染紅歷史

狂人說：
一眼看去
都是吃人吃人吃人吃人吃人

人都被吃了
哪裡還需編寫故事

我們的主角
又死了一次
而歷史還是那麼飢餓

11

曾祖母
愛喝湯的故事
都被重複說了一千萬遍
她每一回端起碗
咕嘟咕嘟
早把一條黃河喝了
再喝一回
我想，她就要死了吧

但，她還要到田裡
把稻從土裡拔出來
這個老太太
把時間都欺負了一遍

然後她會
和牛說話
和樹與雜草說話
和燕子與屋瓦上的雞
牆上的螞蟻，街上的狗
地裡的蛇說話

顯然牠們都懂
她和顏悅色
把牠們超度成
佛手上的明珠

她自己的日子
漫長得只有青山
才可以及她的一半

然後，父親又說
曾祖母又回到家喝湯
咕嘟咕嘟
這一次是長江

是昨天嗎
他們的鞋子掉了
背包丟了
故鄉留在火裡
愛人留在水的另一邊

母親要送他
他拒絕了
為了一頓飯
走了八千里
八十年，一生一世

是昨天嗎
他們一槍不發
就把一片大地
送給東來的強盜

別以為失去的只是土地
他們失去的是青春
照片裡的人不會老
所以他把照片

握到發疼

是昨天嗎
他記得的名字
都刻在墓碑上
母親把他的生辰八字
寫在他的衣服上
他不記得的
還在逃難

從盧溝橋到香港
從上海到武漢
他們還在逃難
是昨天嗎

13

父親，你一路到南洋[1]
就是為了告訴我
滿載山水的故事嗎
就是為了把照片捏疼
把故事收到發黃
再挖出來
重溫它的重量嗎

那裡
明明有海在哭的聲音
明明有狼煙的焦味
明明有
你想回卻迷路的
鄉間小路
你在樹下等著
就為了那裡有熟悉的
花開花謝嗎

你說自己太怕飢餓了
你說的飢餓
是我無法體會的

四
四

你把太多神話
壓縮在一碗飯裡

父親
你為什麼老是在飯桌上
如此鄭重其事地傳道
如一個要接受洗禮的信徒

14

你在這座島上
不覺得小嗎
放下你的身體
腳就到海上了

你竟然一待就幾十年
不覺得太長嗎
翻一個身
就白髮蒼蒼了

你在這裡認識的女子
你知道會和她愛恨交融嗎
你把自己壓縮得
剛好放進一間小房子
在那裡聽孩子哭鬧
把身體陷入一張床
假裝的溫柔裡

你牽著最後那個人的手
會是你的最愛嗎
你說門外的虛空處
是故人來接你了
是你的解脫嗎

你再次把自己縮得更小
小到可以裝進骨灰壇裡
就是為了讓自己回到最初
來自土灰，回歸塵土嗎

明天
明天的戰爭會遠嗎

人手上的刀
只有殺戮才會
洗去嗜血的憂傷

我想
這麼斷言
也許是錯的

人在這裡也不是主角
生和死，罪與罰
還得繼續
這是故意安排的

我又開始斷言了
都是為了
你給我的
偏見

我雖不是先知
但戰爭每每發生
死亡每每發生
荒謬每每發生

災難在你假裝
不知道時，聽不懂時
發生

故事被說得太多
故事被說得太少

罪惡
說得太多
人間的美好
說得太少

痛說得太多
快樂說得太少

雜事說得太多
故事的主軸
說得太少

你只有
魚的記憶
你有全部記憶的
所有的傷痛

愛被說得太多
愛被說得太少

漢朝離我們不遠
我說的話
他們卻一句不懂

譬如，三粒苦松子一抓
竟是一把鳥聲
達達的馬蹄
不是歸人是過客
溫柔之必要
肯定之必要，一點點酒
和木樨花之必要 [2]

那個美麗的女子
說欲與我相知
長命無絕衰

還是長安
但不是那個長安

是犯我強漢者
雖遠必誅的長安

李廣將軍，汝衰矣
還是讓十八歲的少年
快馬一路西征
封狼居胥，直逼瀚海，驃騎無敵
到了酒泉，請君贈我一杯酒

戰爭至此
已是一頁令人振奮的史詩
八百輕騎，一進一出
如入無人之境
西天諸神，列陣相迎

漢朝離我如昨日
司馬遷的史記
記著歷史如夢的初心
蔡倫造的紙
印上我的詩句

父親，你手抱的那座森林
依舊茂盛
你的漢朝，亦如昨日

我聽見山在狂吼
你走出來了嗎

我聽見海在狂吼
你啟航了嗎

客家人從中原到南洋
再到新大陸
走了多少個四季

你問我祖籍何處
我指指星球的某一條河
某一塊土，某一個人
她的子宮

對這樣的陳述
我考慮了五千年
——這豈是一個民族
輕鬆就能說的？

我不能重複那些沉重的歷史
以英語說給孩子
原本喜歡平仄押韻的故事

遠在西半球的小島
如何能了解
動不動上下五千年
說漢道唐
富有天下
橫跨五個時區的九州大陸

就讓你的傳說
淹沒在我的詩句裡
你的故鄉不會是我的
更不會是我孩子的故鄉

是喜歡鄉愁的人的（讓他去四韻吧）
是沒有離開的人的（讓他去郵票吧）

你無須為此感到悲哀
悲哀如一張信紙

如煙，如遠去的腳步
只會痛而無聲

司馬遷寫史記的時候
心中想的
絕不會是悲傷

故事的主人翁
若從史記出走
你要築一個怎樣的殿堂
才適合他安居

20

祖父就像老年的父親
為什麼他要把這麼多重負
留給你

他的樹在什麼地方
也像你一樣
落葉滿地嗎

在土樓的外面
依舊是牆
方向是太極
生活是
八方風雨

你選擇的山
是他身上長出來的嗎
你說他固執膽怯
是在說自己嗎
（還是在說我）

你手上的石頭是他給你的嗎
還是你又偷偷塞入我的手上
來自某個星系

他咳嗽的時候
會和你一樣
從肺裡出發嗎
（再咳出一顆火星）

他睡覺的時候
會和你一樣
把星月都熄滅嗎

還好，我是那麼怕黑
我入眠以前
總是把整個太陽系
都點亮
唯恐善良
找不到回家的路

給我一點吃的吧，死老太婆
給我一點吃的吧，死老太婆
你一路跟在曾祖母背後
一面罵她

你的飢餓就是從那時開始
跟了你幾十年
像甩不開的影子

日後，一有機會
你拼命的吃
哪怕把山河吞下
把自己的血肉吞下
都還餓著

曾祖母只能一邊撿牛屎
一邊數著地上自己的歲月
還剩下多少

可是地上只有牛屎
一粒米都沒有了
這是什麼破山河
因何飢荒總要和天災人禍
一起降臨
人只能數著自己的腳印
聽荒謬的論述呢

從中原逃到福建
這個民族
再逃就掉入大海了

你搶了路人手上的番薯的故事
我已聽你說了三千萬遍
你都已吃下一個叫番薯的恆星

你是不是下定決心
準備長大了
就逃到海上某一個
再見不到飢餓的樂土

22

宋朝離我們不遠
仁宗在世的時候
蘇東坡已經上京趕考

他寫什麼都無須斟酌太久
因為一江春水
早從天府被他灌入紙墨文字

歐陽修讀後內心的震撼
該是你我，該是整個大宋文士
內心的震撼

文采風流的盛世啊
范仲淹韓琦富弼文彥博
蘇氏三子王安石曾鞏

還有不停臣光曰臣光曰
幾百年來
不停打破水缸
承續史記的司馬君實

大漠外不再是匈奴
五胡早已亂過華
此時是契丹西夏女真蒙古
輪番粉墨登場

一個接一個好不熱鬧
所謂蠻夷
涓涓細流入大海
卻是後來的大中華

歷史沉重的腳步
戰爭必不會少
但宋詞可以撫平一切
辛棄疾岳飛李清照
柳永晏殊晏幾道
溫庭筠秦觀蘇東坡

天上的星辰正好點亮
俯看人間的才子佳人
如此文采飛揚的盛世
不應用戰爭來書寫

只有那些學子
他們飽讀詩文
朗朗的聲音
穿過時空
從我案上的書頁
字字如窗外的春風

當此之時
誰願與我記住
那些顯赫的名字

宋朝，離我太近
近得我聽見每個書香的呼吸

23

我從床上聽見外頭
波濤拍岸的聲音
莫非我到了三國赤壁
還是黃浦江上
日艦靠岸

日間，我明明讀的是一八一九
萊佛士登陸新加坡河
年輕的英國人
已經把整個馬來半島
劃入大英帝國的版圖

大不列顛
就在這些戰船的帶領下
成就日不落
而鄭和七下西洋以後
中華從此幾百年龜縮

我從床上聽見
萊佛士[3]和天猛公[4]的對話
新加坡就此收入囊中

至今這個爵士還站在河口
對著往來的船
數著昔日的榮光

父親，你是否記得
登岸的少年
在河中倒映的臉
被波光弄皺
時光被淘洗得
了無痕跡

岸上的景緻
被時間的故事搬來搬去
遠方
就在你離開的時候
戰爭廢墟與距離並存

我，與你並存

你從陸上來
翻了多少山
路了多少星月
走到佛住的地方
再也走不動
你的指南針是北斗星嗎

或者，你早知道
許多年後
一個和你怨懟一生的人
一個個令你心憂的日子
你還往那裡走

你寫給你姐姐的信
要多少年才由雁帶到
你乘的船
要多少東北季風的努力
才可以把一座固執的山
吹動

到新加坡之前
先被載去棋樟山
洗淨身上的一切
寄生蟲，塵埃，故土
你的鄉愁藏在哪裡
竟沒有一併洗去
洗去一點
又會越長越多

你寫的字有秀才的氣質
在別人結婚喜帖上
寫過多少名字
但你的文字無法流傳
如一次性用品
即用即丟

其實連生命也一樣
誰能用什麼方式
把自己活得比一塊頑石
還久

25

變成一隻蛾
停在我的天花板
不飛不動也不說話
我們對望許久
就如父子

不，我從來不與你對望
連說話也只聽上一句
聽不見下一句

變成一輪明月
停在我的窗外
不明不滅
也不給我詩
我們共飲了許久
就如朋友

不，我們從不對飲
我們連愛都沒說過
只有偷看你背影的味道
有雨的苦澀

只有吃你煮的家鄉菜
有被你愛撫過的溫柔

輪我變成一隻蛾
到你站的樹下
你守候多少四季
看花開花謝
我守候你一下子
希望你不焦慮

四季如歌
此刻你已了然在心
我停在你的手
父親，你的孩子
想對你說
我們從沒說過的

輪我變成
一陣微風
送你去另一條
繽紛且安靜的步道
長夜漫漫
你變得勇敢快樂
是我一直想看見的

我在你髮際
輕輕祝福
父親，我為你歌
你知道我是歌者
並一直伴你在無數
日夜
你永不寂寞

南方的小島
如此渺小
誰會知道她會
如斯閃亮
如天使手上的珍珠

我們多少次聽見
蔚藍的海向我們重述
蘇門答臘王子渡海遇見巨浪
拋棄王冠遇見獅子的故事

《馬來紀年》⁵的作者
該是浪漫主義者

王子那天和白獅子說過什麼話
白色如雪的沙灘
大海淘過的時光
也是白色的嗎

眾神有為他顯現嗎
天空有飄下六月雪

王子有步步蓮花嗎

古老的獅子城經過多少風雨歲月
獅子城的武士們
都騎著獅子，力可移山嗎

28

翻開《馬來紀年》：

山尼拉烏他馬[6]與獅子相遇，是最美的序詩。

一個島嶼就從海裡誕生。他勇敢的兒子，趕走
來犯的滿者伯夷，二百戰艦猶如二百螻蟻。

大力士答當與印尼勇士競技，舉起巨石從福康
寧山拋到新加坡河口。

抵禦劍魚的男孩，被多疑的三世王處死。

四世王的兒子伊斯干達沙，在王朝滅亡後逃到
馬六甲[7]，建立馬六甲王朝……

那時是明朝：

正值鄭和下西洋，小島和古老的文明，如此牽
手。

大明的寶船如天神降臨，填滿一片海岸線，

千帆如高山淹至，帶來的卻是和平，通商貿
易......

合起雙眼
七百年後
我遇見盛大的場景

寶船泳入我的夢境
帶著茶葉，瓷器，絲綢
還有子曰詩云

他們帶我入天國
街道寬廣筆直
宮殿堂皇入雲間

禮樂之聲不絕
仙女在天空飛翔
天上一日
下得凡間已經百年
四季更換

我房裡潮水退去
牆上的海棠已破碎
被蟲咬出一個個洞
旭日從洞口如劍刃
刺入我的新痛舊傷

29

明朝最美麗的一頁是
三寶太監
二百四十艘巨輪
兩萬七千船員
七萬多海里的
大航海時代

不為開疆拓土
不為征服
為揚國威
讓四海知我中華

七次遠航方知
天涯無限開闊
世界如此寬廣
我們的大海從此
通向每一塊陸地

是勇往前進
還是畏縮自封
歷史的腳

走向我們拉不回的方向

陸上皇國的龜縮
合上輝煌的一頁
讓人不忍回看

明朝，離我太遠
那年的海潮和浪花
那些隨著時光
腐爛的寶船
那些水手的吶喊

叔叔從香港過來拜祭你
在客家人的三邑祠
找到你，大姑和二姑
的骨灰甕
唉，你們都只遺下這些
光影、故事、關在甕裡的心跳

叔叔和你聊天
你們多年不見了
如果有來世
你們還會作兄弟嗎

或者你會選擇在天堂
還是就在你喜歡的那棵樹下？
或者在哪座山林，哪片雲間
作一朵花也好
一顆松子也好

或者你還是喜歡流水
海浪著你的自由
石頭著你的固執

不停輪轉
不停在世間旅行
走一遍你走過的
走一些你未去過的

叔叔的背影，越來越像你
當他擁抱我，我以為你回來了
那一刻藏在我深淵的雨水
找到出口

就好像你放手那刻
我讓雨傾盆地下
我恨
世界對你不公
好像什麼都沒做
就要放下

慶幸你終於放下
好讓我可以在
幻境中直視你
你留給我唯一的舊錶

停了，又走了
你留給我的故事
停了，又要出發
你沒有留給我的
我都會一一找到

31

小學老師在黑板上畫了新加坡
海浪一下就湧了進來
馬來半島，印尼，東南亞
樹林裡昆蟲漸多
我聽見先輩被賣豬仔
游過的浪濤聲

粉筆走了幾千里
到了北方的中國
海浪從黑板湧進課堂
島與島之間的蔚藍
反映幾個世紀的陽光

魚和船隻在我們的座位間穿梭
飛鳥掠過，東北季風吹著
椰林裡藏著另一個族群
大航海時代來臨
拓展冒險家的想像

這座島牽手太平洋與印度洋
是獅城、淡馬錫、龍牙門[8]

被赤道穿越，太陽烤紅
爪哇人來過，滿者伯夷來過
英國人來過，日本人來過
漁村過，荒涼過，在世間輪迴過

黑板上老師的粉筆如雪花
海上的巨浪又再掀起
山尼拉烏他馬又一次
把他的皇冠沉入海床

我看見皇冠沉沉沉沉
我變成魚潛進深淵
在那裡果然有一頭獸
魚尾獅身
是一個真正漂亮的男子
我追隨他
遊遍四海
像永不靠岸的水手

老師還在說著
萊佛士又再登陸

李光耀先生又在喊：默迪卡⁹
課堂裡下著雨
外面陽光燦爛
老師的粉筆
還在我耳畔海浪和山

註：以此詩懷念小學歷史老師高金鳳老師。

32

我從夢裡醒來
發現還在另一個夢裡
老師還在上課

繼續把地球鋪展在黑板
地球是圓的
一直向西走
有一天會從東回到原點

你會帶回風沙海鹽
日月星辰
一片大陸再一片大陸
一座海洋再一座海洋
黃金黑奴傳染病
戰爭死亡新世界……

然後她說你看這是中國
好大好大的一片
富有天下
我們的祖先從那裡來

我看見她發亮的眼
眼裡的火光
可以點亮一切黑暗
她為什麼激動
並且把它傳染給我

她向我強調
我們的皮膚是黃色的
黑色的髮黑色的眼
原來這是與眾不同的族群

這是一種詛咒
還是恩賜
一種宿命
還是重擔
也許要很久才能釐清
也許永遠也沒有
標準答案

註：崇福學校的前身是由福建會館出資創辦於一九一五年的崇福女校。它是當時唯一的女子學校，位於崇文閣，在新加坡直落亞逸街的天福宮媽祖廟旁邊。學校曾因二戰新加坡淪陷而停辦。一九四五年二戰結束後一個月，崇福隨即復課，並於一九四九年開始招收男生。一九八五年，學校開始招收各族學生。學校秉承「崇德育人，福厚百載」的辦校宗旨，是新加坡一所聲譽良好的學校。

33

君不見黃河之水天上來，奔流到海不復回
君不見高堂明鏡悲白髮，朝如青絲暮成雪
　　　　　　　　——李白《將進酒》（節選）

只為了告訴我們時間易逝嗎
為什麼我聽見黃河在咆哮呢

要我們回到漢唐還我盛世嗎
尋找昔日的輝煌嗎
還是只要作一個
頂天立地的男子漢

每一首詩詞每一首古老的歌
都要承載什麼嗎
還是藝術就是美
美到感動眾生給人幸福
安慰心靈足矣

母親的老唱機又在轉動
黑膠唱片發聲而歌
莫等閒白了少年頭

空悲切

我的心沉重如鉛
它為什麼不能
不偏不倚
總是那麼左
我不禁以手撫膺
坐長嘆

初冬的九零年代
虹橋機場初遇
我走在風中
遇見高大俊美的上海

他在風裡等我多久了
是三十年還是
五千年

都在綻放
一切的人與物
比花快樂

黃浦江的波濤
說著藏了許久的悄悄話
堵車的路
到處都在修建的房子
地鐵高架橋

在車龍中熄火聊天
駕車的師傅

說著他的昨天今天
更多是明天

初遇上海
真是初遇嗎
在南京路
我擁抱初冬的寒風
招牌街燈行人
擁抱滿口吳儂軟語的
十里洋場飲食男女

我遇見巴金
遇見魯迅
初遇不會睡覺的
上海灘

35

武康路113號遇見
八十年前
你多愁善感的窗
梧桐葉從法國
落在你寂寞的嘆息上

有些沙啞如老人的咳嗽
有些如童年的歌謠
風箏似地放著
Do Re Mi Fa
Do Re Mi Fa
Do Re Mi Fa

兩隻貓坐在門口
讀你的繁星
而你讀著別人的
吶喊

隨想錄刻在牆上
每一個字
翻炒著如一碟心情

有甜自有苦
一不小心
還加入一點點
辣和滿屋的香

朋友都走了，你知道
時間有一天
不會把你遺忘
數著多年前與她種下的腳印
夾在寫過的書下
壓成秋天
感性的黃昏

父親，我忘了問你
祖父的樹種在哪裡
也是在某一座山間
如此幽靜地
梳理人間煙火嗎

他也如你一樣
守在樹下看花開花謝嗎
你點菸同時點燃繁星
他呢，是否世界和你平行
交錯，還是你永遠也
追不上他

在你還小時
他就似你一樣嚴肅
還是慈祥如山中的溪水
你忘了嗎

你只是抄襲他的模樣
乃至他的一言一行
抑或如我一樣

想要遠離卻越靠近
想要不同卻越相似

祖父一輩子
差一點就只待在那個
眾山環抱土樓窮鄉
臨老卻中了彩券
帶著大麻包袋
到省城領錢

那個年代竟有這種事
今說故事的你和聽的我
都眼睛發出星光
他在省城開了藥材店
總算人生風光了一回

祖父的一生此頁最光鮮
雖然錢很快就敗光了
這一頁父親你的童年
第一回沒有飢餓

父親
你的舊照片
有一張是一家人
衣著光鮮進城拍的
還好這樣
時間被拍了下來
曾祖母和祖父
在故事裡有了肉身影像

照片裡他們都不笑
是不是笑
在那個年代是奢侈的
只要一笑
時間又開始急促流逝
一切又都變成虛幻

我如魚
遊過時間的海
沒有溺死
是我的幸運

莫再說太多
故事
讓水清澈如昔

有一些魚至今游著
有一些
悄悄進化為獸

我是魚
游過文字的河
恰好有一首詩
是為你寫的

我用盡力氣
走入你的世界
在你的心裡遇見獸

那是我們鏡子的倒影
我們用文字為自己
進化

初至北京
已然入冬
紫禁城冷得發抖
卻風華依舊

我聽見皇帝在那裡
批著如山的奏摺
太監和宮女竊竊私語

偌大的帝國
一切從這裡輻射出去
天空灰濛濛
手撫華表如觸摸
明清兩朝帝王將相
不安的心跳

我該是一個
第一次入京趕考的窮秀才
還是迷失方向的宮娥
在此幽閉的宮殿
等待召見或者旭日

初至北京
北海公園湖已結冰
呼出的氣，霧了一片天空
在天壇聽見熟悉又陌生
上天的秘語
聽見龍和他的孩子
爭吵的雷鳴

在寒風中吃著街上買的羊肉串
咬著凍成石頭的冰糖葫蘆
馬和駱駝還走在路上
我仔細尋找
有沒有郎世寧和湯若望

初至北京
長城為我掃去胸中的雪
我們握手
眺望關外看不盡的蒼茫
兩千年了，他說
多少豪傑登上過
我踏著某個遠祖的腳印

某個士兵的腳印
某個征服者某個名將
某個犧牲者的腳印

時間的腳印，命運的腳印
踢踏踢踏，永不停止
初至古老又現代的北京
一切都是那麼真實
只有我暈眩如虛幻的電影

39

戰爭離我們不遠
七七事變
一座橋從此劃出
每個中華民族記憶的傷

世界還在圍觀
中國的抗戰已經開始

八年抗戰有多少故事
由血肉與淚水堆積
長城破了，每座山
每條河，每個中華兒女
身軀就是長城

血流太多了
五千年的華夏文明
幾近滅絕
從父親母親鄰家長輩口中
盡是同一個故事：
逃難、飢餓、死亡

因為太過沉重
長輩不願輕易提起
也許他們沉默
等到各自回到自己的世界
一段不能忘記的記憶
才會放下

戰爭離我們不遠
一個民族流血的苦難
另一個說查無此事
也許只要燒光殺光搶光
就會查無此人
只要把世界搶到手
歷史還能拿他們怎樣

但長城不答應
黃河長江不答應
每一座山，每條河
死，也不答應

從南京到武漢
重慶、延安、長沙
上海、廣州、香港
乃至南洋
記住這些參與戰爭的
英雄城市

有這麼樣大大的問句
什麼時候
中華民族才不會
再被人欺負

你覺得答案是什麼
重，不重要

父親母親和那一輩的人
你們其實就是我口中說的
魚
游過時間的河
倖存下來

是石縫中
長出的枝葉
荒土上迎風的嫩芽
活著
真是快樂的事

你們鮮少提及
在那些苦難的日子
如何泳過歲月

照片都是幸福時才拍的
沒有人願意死死牢記
苦難和不幸

只有一些晚上

我會再去找《黃河大合唱》
靜靜且激動地聽著

也許我是
屬於一個特別的世代
一個進化成獸與人
中間迷失的世代

41

我又一次上山
你已不在樹下
整片森林如此寂寞
雨絲落下
竟有你悲傷的味道

此刻，你放棄了
木質的身軀了嗎
水是不是你的來生
像你走了一半的路
就以流水以海以雨
完成下半輩子的浩瀚

世界變得不同
你接受著
讓它們磨破你
癒合再受傷再癒合
直到你的年輪無處停放

只有水可以承載
歲月賦予你的重負

如此洶湧亦如此溫柔
我於是告別叢林
走向大海
在一片汪洋中
認識你水質的樣子

父親，從此你就澎湃
你就開闊，就藍色
就一望無際了吧
不再停駐，四處遊走
然我亦能輕易尋獲
你無處不在

在每天的露水
偶爾的雨中
在雲中孕育著
在杯裡茶著
碗裡湯著
在我眼裡淚著
血管裡流淌著
回到你的故鄉溪流著

或成黃河或成長江
吸納百川，終成大海

父親，去吧
去你故人那裡
那些故事
暫由我書寫
直到寫成它要的樣子

一如磐石般堅定倔強
兩百年前搬來這裡
守護大海和船民
海已隨填土
一退再退
潮聲漸遠
而媽祖依然寸步不移

媽祖不改初衷
守護每個來上香祈福的人
守護莘莘學子 守護
一條老街的日月星辰

每一張臉都令她動容
唯獨對鼎盛的香火
默然不語

歲月止不住的腳步
把曾經筆直的街
折騰得彎彎曲曲
新蓋的樓宇在四周張揚

不安的車鳴
覆蓋匆忙的大地

物換星移
媽祖與祂的廟
依舊擁抱那年放學的孩子
在廟間追逐
吃著街邊燒烤的童年回憶

如石頭翻出的青苔
媽祖愈加年輕
而記憶在這裡斑駁
不甘心這樣老去

祂不張口
依然與我交談甚歡
聽了我先祖南遷的故事
微笑低眉
如有千言萬語

43

三邑祠供著同鄉客家先祖[10]
每年春祭
父親帶我與姐姐到那裡
年幼的我們與其他孩子玩
大人們以禮祭拜列祖
孩子們等的
是祭拜完就可大吃一餐

那些年代久遠的座座神主牌
他們雖然離世已久
卻還在那裡享用子孫們
所有的尊崇與祭奠
無論多少年月
不曾離去

他們有的曾在這裡生活過
有的卻從未踏足島國
而是萬里之外
永定的山村裡

生前也許顯赫過
多數是平凡的一生
在曾有的日子
有過各自的故事
接棒一樣地承接香火
再把它交出去
得以佔有祠裡一席之地

像一棵茂盛的樹
成長為林
由一座山村到南洋
乃至五湖
四海

我們如此重視對祂們的記憶
就如重視對未來的期盼
如祂們親臨
檢視子孫後代的枝葉
在祠堂裡談笑風生
各人都有座位
祠堂供奉的大伯公

地藏王菩薩亦在
品用香火

長者正襟危坐
孩子依舊奔跑嬉鬧
父親呢
你也找到你的座位
依舊是六十年前
你風華正茂的樣子
對此
我感到安慰

初至西安
天降初雪
古城等著我
都一千多年了
它沒有老
倒是我的心
先偷走了它的蒼涼

它纏著我說故事
聽我說一點
多數是它娓娓
我把漢貼在唐
飛燕以為玉環
一時忙亂不堪

城牆蠢蠢欲動
城外人影與鼓聲
說他們從漢唐出發
走了幾許光陰
終於等到我來

初至西安
吾友打傘從雪中來
一壺老酒對飲一夜
酒半滿如東海
可沉溺今晚的月亮

我們一夜不眠
月色把雪和酒香
拉出一條
回溯盛唐的驛站

雪不停地下
路猶自漫漫
一覺夢醒
我抓著朋友
如煙的手
只覺這初遇的城
彷彿是已活過
幾生幾世的家

初至長安，我早就來過

45

鄭和下西洋
龍牙門的龍顫動
海礁挪走
島嶼讓道
星辰萬里追隨
北斗異常光亮

會說獅語的城堡
與之對話
城門大開萬獸來降
人頭魚身之國
破解魔咒
引得眾魚歸心

海為之平和
風雨為之安祥
凡有岸處
有鄭和井鄭和廟
因他長出的異果
百姓愛之
稱作萬果之王

鄭和下西洋
世界無限開展
船隊的燈照見之天地
從此沒有黑暗

留在異鄉的大國子民
成了峇峇娘惹[11]
到了神州的異族
從此歸漢

鄭和下西洋
海天都折疊入冊
航海日誌每一頁
藏一個故事
有一些在遠古
有一些在未來

未發生的比已過去的
五千年多一千萬倍
邁出的腳看見一切
等好奇的心
每一章回冒險翻開

忽然想起兒時的月餅
還有其象徵的團圓
那是父親
帶回家的月亮
和它幸福的滋味

它總是給人間許多美好
關於她的美麗神秘
和力量
住在上面的神仙
她給我們的祝福
和想像

先祖與月為友
為此知道潮汐
知天氣春耕秋收
知道每一天每一月
歲歲年年，人的命運
天地的命數

月卻知道更多
月亮陪著孤獨的孩子
陪著夜路上的趕路人
她詩與神話著我
與我談心如初戀

我把話拋上去
她輕輕接住
用她的光洗一遍
再把答案如雨灑下

只有這麼愛詩的民族
才能這樣愛著月亮

47

童年離我很遠了
記憶不是太重
就是太輕
重得不想輕易提起
輕得一提就如煙消失

只有兒時的味道
舌尖的記憶
可以陪我們千山萬水
不願丟棄

父親因為懷念家鄉
練就一流廚藝
一道道客家山水
被他搬到湯裡菜裡
挪到餐桌
安慰他的中年老年
無數黃昏黑夜

我也在這些香味認識
永定老家

大鍋菜，算盤子
肉碎麵，釀豆腐

兒時的味道述說一段段
破碎的故事
從一粒米到田間的牛
曾祖母，祖父，叔伯姑姑
搖晃的海，流浪的路
飄洋的時光

一碗飯
總是故意盛得那麼滿
父親到老胃口還是驕人
輕易三碗
吞下一片山河

初到恆春
夏天那麼漫長
虎頭山聽不見虎嘯
大平頂都是牛
牠們的排泄物

山道上的姑娘
檳榔著她們長長的青春
山風如海
總會遇見橋和養鴨人家

初到高雄
地下街還在
八寶冰每餐必備
小姐叫我
新加坡的處男

燈柱寫著
我愛中華
橋上有我
刻上的你的名

遠天特別遙遠
浮雲愈發潔白
你走著走著
成了稻浪

我初遇了
山上的孩子
為我唱一首首
甜甜的歌
味道如木爪牛奶

初到台南
火車連接詩意的早晨
偷跑的記憶
睡眼的滷肉飯
遇見鄭成功和他的城牆

我的地圖標記
年輕的腳印
每一步
都是快樂的朝拜

初到台灣
二十一歲的少年
在星光閃爍的路上
追趕著的戎裝

49

我幻想著
用我的城市來交換
你的城市
我的時間交換
你的時間

我想知道你的生活
如何塑造你
如何可以重塑我

我一直想著
你在我的床上
會怎樣入眠
抑或怎樣發呆

你從窗口望去
會看見愛嗎
你會不會也寫詩
還是用酒醉一個季節

你的公車會遲到嗎
雨會在在房間裡下個不停
然後變成魚嗎

你的愛情
從什麼時候開始
又該在什麼時候結束

你遇見每一個人
都細細收藏嗎
你走過城市的角落
都有你的足印
你把味道留給明天

我們交錯遇見
不曾預見
你是我的歷史
有時是我的未來

我因為你不寂寞
雖然你似不曾與我

說過一句話
（其實說了好多）

你不知道我的名字
因為交換角色
交換著城市
交換著心情

我只好告訴你和自己
你的名字是甜

清朝離我們太遠
自西而來的火砲
成就最後一個皇朝
淒美的破碎

我們記不得
曾有繁華盛世
只記得留辮子的男人
抽著燃燒身骨的鴉片
抱著畸形小腿的女子

在一場場挫敗中
割地賠款
火燒的皇家園地
中國人與狗不得
進入魔鬼與天使
交易的租界
逃跑的皇帝與太后
刀槍不入人頭落地的
義和團

我推開歷史
五千年到此
竟不堪如斯
只好阿Q地嘆
老子被兒子打了

清朝，離我們太遠
不記得曾有紅樓夢
納蘭性德、王國維
蒲松齡、顧炎武、高鶚
金聖嘆

所有的記憶
都被聯軍的砲火轟毀
驕傲被人踩在地上
不記得有
鄭燮虛谷石濤
八大山人

帝王將相隨甲午致遠號
一同沉沒

寂然遠去
我們不願回頭

閉上此刻重重的回憶之門
我只想記住多一個名字

國父孫中山

51

如果你已不在
那片樹林會不會寂寞

我走過那條山路
彷彿看見你的背影
正悄悄變成青山
你一直想回去的地方
早就不在了

你回去的是別人的時空
於是又回到島國
發現只能困在
沒有四季的赤道
這樣的苦
令你老得更加荒涼

而今你既離開
該是又進化了吧
是一陣風嗎
是一抹斜陽嗎
是雷聲陣陣

是夏天的溫度呢

你變幻無常了吧
隨心所欲了吧
無所不在了吧
你去所有想去的地方
並且不作停留了吧

我彷彿看見你的背影
化作星空與海洋

第一首詩從什麼時候
寫第一個字
第一個音符始於何方
是黃河嗎
從一開始就波濤洶湧
還是含蓄憂鬱

從什麼地方出發
走過幾萬年
在什麼地方安息
什麼時候醒來
與我四目相望
給我一個時光的擁抱

讓我來書寫
他不凡的平凡

挖掘出一副
美麗的北京人
和他三十萬年的故事
身材高大，獸皮很合身
看來他是畫家
天空和牛羊都畫在洞裡
還有魚，星星和宇宙
好像都在跳舞
或者類似生日派對的儀式

牙齒掉了就掛在脖子上
獵到動物就讓牠們的頭
在洞壁上繼續兇猛
他有幾個妻子孩子和僕人
看一下身上的蝴蝶結
多少歲月的磨練
多少挫折或小確幸
蝴蝶越美麗，交代越清楚

山洞外一望無際
遠眺天涯

某一個夜裡

他立在洞口

看完最燦爛的星空

他看到一群衣著怪異的人

挖出他的皮囊

說自己是他的子孫

他不知那是不是自己

生命的意義

他笑得很儀式

其實查無此人

最後一首詩
是什麼時候寫的

時光都斷流了嗎
還是愛

送你離開野地
穿一件華麗的新衣
可以在口袋裝上永恆
一路拿出來用

鞋子收集路
身體收集傷痕和塵土
你有過的愛情
由後來者挖掘和考古

面容依然習慣
露出假牙和鑲金
愛抽菸的手指
發黃著某個夜裡的星光

眼鏡碎了一片
牙刷沒有了刷毛
戒指有她的名字縮寫
你自己的名字卻忘了

你是很老很老了
但停格在年輕那個夏天
背包上的祝福和縫合
說明妻子最後送你的背影

傷痛的離別
你胸口的窟窿
像嬰兒張開的口
在那裡哭了一百年

哪怕送你去博物館
還會在那幽室裡
繼續哭著
時間的河

56

世界沒有桃花源
也許有過
如今已經淹沒

我們的城市
被大水浸泡
我們早就是魚
魚樣的生活

游到哪裡
那裡就是家
在另一場大水來之前
繁衍生息
在大浪上頭看到
另一個岸
竭盡所有，死死活著

我想到是魚的你
想到三邑祠
每隻魚般的名字
歷史書上每個

魚一樣的漢字
與我血肉相連的
魚
和牠們的子子孫孫

新加坡河
我從這裡上船
開啟心的旅行
短短，就是五千年
悲歡的時光

兩岸光景變幻
昔時的髒亂
今日的繁華

出了大海
聽見魚尾獅在說話
我贈他一首新寫的詩
希望他幫我日夜
吟唱給大海

海闊，天也空了
我到了長江
從上海一直到南京
武漢重慶四川
大江兩岸，翻天覆地著

我人生的兩岸

我聽見蘇東坡吟大江東去
聽見李白千年前聽見的
我寄回給他的猿聲

我漂流到黃河
它依舊遍體通黃
漢唐的禮樂在此
沖積成黃土高坡
陝西與延安

從此向東出發
再出海，海也是黃的
漸漸漸漸
喝了太平洋的水
才轉身成藍

我聽見鄭和對天空的嘆息
日月星辰的輪替
聽見昔年每一個出海

從大陸到大洋的心跳

每一張臉，黃色的
告別故土，到新的世界
開枝而後散葉
繁衍的魚群

時光流動
如一條連接的河
如一條在皮膚下
流動的血脈
它們流淌的聲音
是我旅行的
終點也是起點

58

路上遇到一棵不老的樹
像一個熟悉的人
站在風中等我

他說話的聲音
如逃跑的鐘聲
我覺得那是年少的父親

他把我攔下
叫我一起喝一口
下午的時光
這是多年前我就想
和他一起完成的幸福

我看風來
他沙沙沙下一陣葉子
雲到身邊，他伸手抓一把
捏出水來煮茶

他引我看遠方
一眼看不盡的人世紛擾

他說只要放輕腳步
就能一步跨過明天

他劃一盤棋自己下著
每天以日月刻自己的年輪
我想什麼時候他已自得其樂
什麼時候也繁衍成一片白楊林
讓路過的孤獨都有停腳處

時光雖然漫長
時光還會變老
我告訴他所有的故事和傳說
都有了歸宿和人間的名
他默然不語

夜來了星辰如海
我在古道上睡去
他化身為一頭
路過的雄獅
把他心愛的琴和酒
留給月光

如何丈量生命的重
歲月的暗示
勇氣的長短
當你遇見荒謬的本相

潛泳入深淵
帶一把上帝的尺
你沉沉

在如鏡的波光
看見自己美麗的披頭
魔幻的散髮
愛之必要恐畏之必要

你看見魚在身邊魚著
泡沫泡沫著
大千世界無色無相著
你浮浮

尺此時比寸短
此時，比丈長

你吐出你一直的以為
你的固執
沒有比死或者生的固執大

生命是一縷波光
你此時
終於輪迴，終於無形無體
終於無喜無悲，終於生滅自然

你看魚不是魚
光影不再光影
你沉沉沉

無休無止
昨天之昨如今日
如明天之明
你看，你也不看
混沌而一切自明

彷彿亙久
彷彿剎那

大海深處下了一場雨
你打開傘
你
浮浮浮

60

幕起幕落

從一開始
就告訴你
這裡沒有主角
只有黃色的臉孔
有時清晰，有時模糊

這裡的故事
因為作者的無能
破碎不堪

如果心聽出了血
那是筆墨的緣故
為了安慰自己
忘了讀者

我狠心把它紋身在紙上
讓它隨日子去痛

因為太遠
都已記不清楚
有者千年，有者隔世
總會有盛世的笑
衰敗的哭

但時間的河不是這樣嗎
有了開始忘了結束

這不是跋
只是有些累了
暫時讓奔走的光陰
坐下
沉思

註釋

[1] 廣義指：泰國、馬來西亞、新加坡、印度尼西亞等。此詩，指新加坡。

[2] 第二段的第一、二句為洛夫的詩句，第三，四句為鄭愁予的詩句，第五，六，七句為瘂弦的詩句。

[3] 萊佛士：全名托馬斯 • 斯坦福 • 萊佛士爵士（Sir Thomas Stamford Bingley Raffles，1781–1862），是英國殖民時期重要的政治家。他於1819 年 2 月 29 日在馬來亞半島南端的一個島上，建立了一個自由貿易港，即是今日的新加坡。當天他宣布東印度公司已經從蘇丹手中獲得了新加坡的治理權。他和團隊對於新加坡的開闢、建設、法制和長遠的規劃藍圖做出了相當多的努力。官方主流論述，認為是他讓新加坡從一個落後的小漁村發展成為世界上重要的商港之一。

[4] 天猛公：音譯自馬來文「Temenggong」。原指是馬來人諸蘇丹國中的一種高級官職，一般負責

國中治安，是蘇丹宮廷侍衛、警察和軍隊統領。
現已演變成為東馬來西亞和文萊的一種榮譽稱
號。

[5] 《馬來紀年》（Sejarah Melayu），原名《諸王
起源》是著名的古馬來文獻，書中內容敘述關於
馬六甲蘇丹國（即滿剌加王朝）的族譜和歷代蘇
丹的世系的傳說；馬六甲蘇丹國的成立、盛衰以
及與鄰國的關係，涵蓋六百多年的歷史，其中亦
提及新加坡的前身新加坡拉的建國和由來。《馬
來紀年》的內容有神話、傳說、史實，真偽混
雜，但《馬來紀年》有很高的文學性，是馬來古
典文學的典範。

[6] 根據《馬來紀年》的記載，公元十四世紀時一
位名叫山尼拉・烏他馬（Sang Nila Utama）的王
子在海上航行時遇到風暴，船漂流到一個島上，
他一登陸就看到一隻神奇的野獸，隨從告訴他那
是一隻獅子。他於是為新加坡取名「新加坡拉」
（Singapura，在梵文中意即「獅子城」）。

⁷ 這些都是記載於《馬來紀年》的故事。

⁸ 獅城、淡馬錫、龍牙門：在不同的時間段，皆指新加坡。

⁹ 默迪卡：默迪卡（Merdeka）是馬來語獨立的意思，在爭取獨立擺脫英國殖民的年代，是新馬政治領袖常用的口號，開國總理李光耀先生在他的群眾演講中，握緊拳頭高喊默迪卡的形象深深置入人民心中。

¹⁰ 三邑祠：祖籍中國廣東的豐順縣、大埔縣和福建的龍巖市永定區客籍人士的新加坡豐順會館、永定會館和茶陽大埔會館代表聯合組成新加坡豐永大公會，成立於一八〇四年，管理廣客兩屬墳山。客屬人士合力於一八八二年在新加坡荷蘭路（Holland Road）買了一塊面積 150 餘畝的地段，稱為「毓山亭」，而在墳山里建一座祠堂，名「三邑祠」，以供奉先人的神位。二〇一四年建成圓土樓把三邑祠旁的骨灰塔「圍」起來。

11 峇峇娘惹：指新馬一代的「土生華人」，是十五世紀初期定居在馬來亞（當今馬來西亞）的滿刺伽（馬六甲）、滿者伯夷國（印度尼西亞）和室利佛逝國（新加坡）一帶的華人後裔，是古代中國移民和東南亞土著馬來人結婚後所生的後代，大部分的原籍為福建或廣東潮汕地區，稱為 Baba Nyonya，峇峇娘惹是音譯，在土生華人，在馬來西亞的馬六甲、檳城、新加坡都比較多。男性稱為 Baba「峇峇」，女性稱為 Nyonya「娘惹」。

跋
尋找昨天的你和我自己 ◎ 曾國平

　　《查無此人》是我的第七本詩集，從中學時代開始寫詩，一九九九年出版第一本詩集，已經幾十年過去了。寫了這麼多年的詩，《查》最讓我動心動容。因為這些詩寫給父親、祖輩、師長，也寫給自己，寫給住在我身體裡面那個「熱愛中華文化的少年」，還有和我一樣，想與父親說幾句知心話而不得的讀者。

　　我與父親的關係不是很親密，是傳統的嚴父與叛逆孩子那般。但無論我多麼努力想逃避，最後卻發現自己如此深受父親影響——喜好、習慣，乃至思想，無不如此。

　　檢視自己時，赫然發現，影響我的還有傳統世俗的儒道思想，悠久的中華文化。這樣的「文化情結」通過師長，父輩等，潛移默化地植入我的血液，無論好壞與否，已然無法改變。

　　於是，決定把它寫出來——以詩的方式。

　　我想，也許在某個時間，某個地方也會有人和我一樣，對先輩和他們的土地歷史有斬不斷的千絲萬縷，對父親有難言的感情和思念。

寫《查》時，我回顧了童年，遇見了年輕的父親；在那裡，他牽著我的手，帶著我走過一遍他的童年、少年和壯年。我和父親終於能夠「對話」了，共度了很是奇幻的旅程，交換了一些從不輕易道出的心底話。

　　我翻開老照片和父親留下的記事簿，讀著他的筆跡，重遊他心心念念的「故土」，和前塵往事，一會化身飛蛾，一會是水、是雲、是山、是樹，也是歷經滄桑的塵土。

　　寫《查》的時候，其實每一首都想為它們擬題目，但它們已經連成一體相互呼應，都為闡述同一無法查獲的人，略帶悲傷的主題，因此最後以「組詩」的形式呈現。

　　《查》曾經入圍第五屆台灣「周夢蝶詩獎」，原稿包括了兩部分「A父親與查無此人」以及「B有名可考」。有名可考書寫歷史人物，書寫之初，原本來我有稍大的構想，曾經想把影響中國和新加坡的歷史人物（比如孔子、老子、孫中山、鄧小平，李光耀等）都寫進去，但是因為自己的能力有限，眼高手低，而在和新文潮出版社總編汪來昇討論後，認為「B有名可考」主題較不適合收錄於本詩集中，非但不能給詩集加分，而會影響詩集的整體性與完整性，故放棄收錄後半部分。也許，他朝時機成

熟時，再讓這些詩和讀者見面。

我要謝謝新文潮出版《查》，用心用力，認真地校對、設計和推廣，並把我的詩集包裝得很是精美。

在此，誠意感謝秀實先生和紀小樣老師為《查》作序，以及簡政珍老師、喜菡老師、林廣老師、鴻鴻先生、游以飄教授、陳志銳博士、林高先生、冼文光兄，以及詩人無花撰推薦文。

最後，感謝您購買並閱讀《查》，希望這些詩能讓您找到一點共鳴、一些感動、安慰或喜悅。而完成《查》時，於我，就像完成一件人生大事，並且從這裡再出發。

新加坡國家圖書館出版品預行編目（CIP）資料

National Library Board, Singapore Cataloguing in Publication Data
Name(s): 曾国平 .
Title: 查无此人 / 作者 曾国平 .
Other Title(s): 文学岛语 ; 007.
Description: Singapore : 新文潮出版社 , 2022. | Text written in traditional Chinese scripts.
Identifier(s): ISBN 978-981-18-3443-1 (Paperback)
Subject(s): LCSH: Chinese poetry--Singapore. | Singaporean poetry (Chinese)--21st century.
Classification: DDC 895.11--dc23

文學島語 007

查無此人

作　　　者　曾國平
總　　　編　汪來昇
責 任 編 輯　洪均榮
美 術 編 輯　陳文慧
校　　　對　曾國平　洪均榮　汪來昇
出　　　版　新文潮出版社私人有限公司
　　　　　　TrendLit Publishing Private Limited (Singapore)
電　　　郵　contact@trendlitpublishing.com

中 港 台 發 行　秀威資訊科技股份有限公司

新 馬 發 行　新文潮出版社私人有限公司
地　　　址　366A Tanjong Katong Road, Singapore 437124
電　　　話　(+65) 6980-5638
網 路 書 店　https://www.seabreezebooks.com.sg

出 版 日 期　2022 年 4 月
定　　　價　SGD 22 ／ NTD 250

建 議 分 類　現代詩、新加坡文學、當代文學